Marbacher Fruchtkörbchen – beschrieben für Werner Volke, der am 1. Mai 1992 in den Ruhestand geht, und ihm zum Abschied überreicht. Was mag der Titel bedeuten? Ist der idyllische Begriff symbolisch gemeint oder metaphorisch? Oder beides zugleich? Ja, er ist beides, Symbol *und* Metapher.

Unter dem 14. September 1786 findet sich in Goethes ›Italienischer Reise‹ der berühmte Bericht von der drohenden Verhaftung am venezianischen Ufer des Gardasees, die nur vermieden wurde, weil der einheimische Gregorio, der in Frankfurt gearbeitet hatte, für den Reisenden gutstand. »Der Gegenwind, der mich gestern in den Hafen von Malcesine trieb, bereitete mir ein gefährliches Abenteuer, welches ich mit gutem Humor überstand und in der Erinnerung lustig finde« – so beginnt Goethe zu erzählen. Und er schließt den Kreis der Schilderung: »Gegen Mitternacht begleitete mich mein Wirt an die Barke, das Fruchtkörbchen tragend, und so schied ich mit günstigem Wind von dem Ufer, welches mir lästrygonisch zu werden gedroht hatte.« Ein freundlicher Abschied nach bewegter Zeit, dafür könnte das Fruchtkörbchen hier ebenso stehen wie bei Goethe – lästrygonisch freilich waren die Gefahren, denen Werner Volke in seinen 33 Marbacher Jahren begegnet ist, nicht geradezu. Aber in dem Vierteljahrhundert, das er der Handschriften-Abteilung des Deutschen Literaturarchivs vorstand, war doch manches Abenteuer zu bestehen, vor allem beim risikoreichen Geschäft der Erwerbung. Daß die meisten davon erfolgreich bestanden wurden und eine gute Ernte in die Magazine gekommen ist, beweisen Erlebnisse und Anekdoten, die noch lange, so hoffen wir, mit dem Goethe'schen »guten Humor« erzählt werden, – und es wird in diesem »Fruchtkörbchen« sinnfällig gemacht, denn ein solches Gefäß, wohl gefüllt, verkörpert reichen Ertrag.

Diese Symbolkraft hat das Wort für uns Marbacher zur Metapher werden lassen – es sollte mich wundern, wäre Werner Volke nicht ihr Erfinder. Das »Marbacher Fruchtkörbchen« besteht aus drei grünen Archivkästen, gefüllt mit insgesamt etwa fünfzig Handschriften verschiedener Autoren, einzelnen Seiten, Briefen, Lebensdokumenten oder auch ganzen Werkmanuskripten, ausgewählt aus dem großen Bestand des Handschriftenmagazins, um sie Besuchern zu zeigen, die sich ja oft nicht so recht vorstellen können, was in einem Literaturarchiv gesammelt wird und warum. Es sind freilich nicht einfach schön aussehende Autographe, Musterstücke sozusagen – nein, mit jedem einzelnen von ihnen läßt sich ein Stück Zeithistorie, Biographie, Werkentstehung oder Erwerbungsgeschichte verbinden, viele von ihnen sind untereinander verknüpft, im Beziehungsgefüge des literarischen Lebens. Jeder von uns führt sie auf seine Weise vor, wählt die ihm liebsten und bedeutsamsten aus und schildert die Schicksale und Gedankenbilder, die sich damit verbinden – keiner erweckt die Blätter so zum Leben wie Werner Volke. Da werden wild korrigierte Zeilen mit einem Mal zu Zeugen für das allmähliche Entstehen eines Gedankens, einer Form oder – umgekehrt – für das Vorhandensein einer einzelnen Formulierung längst vor der Niederschrift des Werkes, das aus ihr gleichsam entkeimt ist; allbekannte Ereignisse der Geschichte finden in einem persönlichen Brief ein unerwartetes, visionäres Echo; der höchst verschiedene Umgang der Dichter mit ihren Papieren wird anschaulich; die bald hundertjährige Geschichte des Schiller-Nationalmuseums und die nahezu vierzigjährige des Deutschen Literaturarchivs werden an den Umständen der Erwerbungen lebendig.

Wir geben Werner Volke sein Fruchtkörbchen in dieser kleinen Buchgestalt, zu der viele seiner Mitarbeiterinnen und Mitarbeiter beigetragen haben, in den Ruhestand mit. Es soll ein Sinnbild sein für den Garten, den er so lange bestellt hat und durch den er so hinreißend zu führen wußte.

Ulrich Ott

Das Fruchkörbchen der Handschriften-Abteilung

1 *Alfred Andersch: Ephraim. Roman*

a) »Roman 3. Begonnen Okt. 63«. Manuskript, Teil 1. Gebundenes Manuskript und sieben Einzelblätter

b) Vorarbeiten. Band mit eingeklebten Manuskriptblättern und Notizzetteln und mit handschriftlichen Einträgen

Zugangsnummer 78.4783

Erworben mit dem ersten Teil des Andersch-Archivs vom Autor, 1978

2 *Werner Bergengruen: Sommer*

Reinschrift des Gedichts. Einzelblatt

Zugangsnummer 71.6284/2

Erworben mit der Autographensammlung Karl Kohl, 1971

3 *Rudolf Borchardt: Sapphische Ode*

Manuskriptblatt mit Entwurf des Gedichts. Auf der Rückseite: Anfang eines Briefs an Caselli

Zugangsnummer 59.30

Einzelerwerbung aus Privatbesitz, 1959

4 *Hans Carossa: Aus dem Rumänischen Tagebuch*

»(Aufzeichnungen eines Arztes). Közeplok, 29. November 1916«

Zwei von 27 Blättern aus einer Reinschrift des rumänischen Kriegstagebuches vom 29.11. - 16.12.1916

Zugangsnummer 57.2881

Aus dem Konvolut ›Corona‹ im Bestand Herbert Steiner, erworben 1957

5 *Hedwig Courths-Mahler an Karl Kohl*

Brief. Tegernsee, 19. März 1939. Einzelblatt

Zugangsnummer 71.6388/1

Erworben mit der Autographensammlung Karl Kohl, 1971

6 *Alfred Döblin: Berlin Alexanderplatz*

Aus dem Manuskript des Romans. Beispiele für Collagen im Manuskript und für Montagestil:

a) Doppelblatt mit aufgeklebtem Zeitungsausschnitt »Allgemeine Wetterlage: . . .«

b) Brief einer Patientin an Alfred Döblin. Berlin, 5. Januar 1928. Doppelblatt

c) »12.30 am Arbeitsgericht. Aufzeichnungen für einen Roman«. Vorabdruck, in dem der Brief der Patientin als Tagebucheintrag eines kranken Mädchens zitiert wird. Zeitungsausschnitt aus: Berliner Tageblatt, 13. Juni 1929

d) Blick auf den zerstörten Alexanderplatz. Photopostkarte. 1945

Aus dem Nachlaß Alfred Döblin

Leihgabe der Erbengemeinschaft Döblin seit 1961

7 *Passierschein des Ministère de l' Information für Alfred Döblin*

Paris, 9. Juni 1940. Ausgefülltes Formular mit aufgeklebtem Paßphoto

Aus dem Nachlaß Alfred Döblin

Leihgabe der Erbengemeinschaft Döblin seit 1961

8 *Günter Eich: Zuversicht*

Manuskript des Gedichts. Auf der Rückseite eines Briefes an Eichs Frau Ilse Aichinger von »Johanne«. Istanbul, 13. November o. J.

Einzelblatt aus dem Manuskript der Gedichtsammlung ›Anlässe und Steingärten‹

Zugangsnummer 80.3189/47

Erworben mit dem Nachlaß Günter Eich, 1980

9 *Theodor Fontane: Effi Briest*

Notizen zum 33. bis 36. Kapitel des Romans, auf den Rückseiten Entwürfe zu ›Burg Friesack‹

Einzelblatt und Doppelblatt

Zugangsnummer 56.550/2

Erworben auf der Auktion 55 von Karl & Faber in München am 16. Mai 1956

10 *Theodor Fontane an Eduard Mörike*

Brief. Berlin, 29. Oktober 1860. Einzelblatt

Zugangsnummer 60.183

Erworben mit einer Mörike-Sammlung aus Privatbesitz,1960

11 *Stefan George an Ludwig von Hofmann*

Brief. Berlin, 6. November 1899. Doppelblatt mit Briefumschlag

Zugangsnummer 56.853

Einzelerwerbung vom Auktionshaus Stargardt in Marburg am 2. Mai 1956

12 Theodor Haecker: Tag- und Nachtbücher
21. März 1942-27. Februar 1945. 107 beschriebene Seiten in einem bis 221 paginierten Band
Zugangsnummer 79.615
Erworben mit dem Nachlaß Theodor Haecker, 1979

13 Hermann Hesse: Lieber von den Faschisten erschlagen werden ...
Reinschrift des Gedichts für Ninon Hesse. Zürich, Anfang März 1933. Doppelblatt
Aus dem Nachlaß Hermann Hesse
Leihgabe der Hermann-Hesse-Stiftung

14 Hermann Hesse: Das Glasperlenspiel
Aus dem Manuskript der ersten Fassung: »Motto« und Beschreibung des Glasperlenspiels, Einzelblatt und 5 Doppelblätter
Zugangsnummer 72.786
Gestiftet mit einer Hesse-Sammlung aus Schweizer Privatbesitz, 1972

15 Theodor Heuss: Hitlers Weg
Vorbemerkung, Anfang November 1931. Zwei Einzelblätter aus dem Manuskript
Zugangsnummer 53.226
Erworben mit dem ersten Teil des Heuss-Archivs als Stiftung des Autors, 1953

16 Theodor Heuss und Rudolf Alexander Schröder: Materialien zu den Bemühungen um eine neue Nationalhymne
A. Rudolf Alexander Schröder: Hymne
a) Erste Fassungen. Typoskript mit handschriftlichen Korrekturen. Auf der Rückseite unvollständiger Entwurf. Einzelblatt
b) Vorfassung. Manuskriptblatt
c) Reinschrift. Manuskriptblatt
B. Theodor Heuss an Rudolf Alexander Schröder
a) Brief. Bad Godesberg, 9. Mai 1950. 4 Typoskriptblätter. Mit handschriftlichen Emfängervermerken vom 17. Mai und vom 2. Juni 1950: »... RAS mit neuer Fassg. ›Hymne‹ (und Weise)«
b) Brief. Bad Godesberg, 20. Januar 1951. 2 Typoskriptblätter. Mit Empfängervermerk vom 22. Januar 1951
C. Sonntagsbote
»Wochenzeitung für Christentum, Geistesleben und Politik«. Köln/Speyer. Jahrgang 7, Nummer 2. 14. Januar 1951
Mit dem ungezeichneten Leitartikel » ›... Und deutscher Sang‹. Brauchen wir ein neues Deutschlandlied?«
Erworben mit dem Nachlaß Rudolf Alexander Schröder, 1979

17 Hugo von Hofmannsthal: Ich spür' noch ihren Athem...
Vorfassung der Terzinen ›Über Vergänglichkeit‹. Manuskriptblatt
Zugangsnummer 32113
Erworben mit dem ›Pan‹-Konvolut im Nachlaß Cäsar Flaischlen, 1930

18 Hugo von Hofmannsthal an Eberhard von Bodenhausen
Brief. Rodaun, 10. April 1916. Doppelblatt
Zugangsnummer 57.1905
Erworben mit dem Nachlaß Eberhard von Bodenhausen, 1957

19 Arno Holz: Lyrik
»Aus einem neuen Cyclus Phantasus.« Zwei von zwölf Manuskriptblättern mit den Gedichten I. und II.
Zugangsnummer 31953
Erworben mit dem ›Pan‹-Konvolut im Nachlaß Cäsar Flaischlen, 1930

20 Ricarda Huch: Rostock
Erstes von dreizehn Manuskriptblättern
Zugangsnummer 55.1211
Erworben von Julius Weise's Hofbuchhandlung in Stuttgart am 21. Dezember 1955

21 Franz Kafka: Der Dorfschullehrer
Fragment einer Erzählung. Manuskript, acht Blätter
Zugangsnummer 56.1442
Erworben auf der Auktion der Galerie Gerd Rosen in Berlin am 19. November 1956

22 Harry Graf Kessler: Tagebuch
Genua, 13. Mai 1922 – Capri, 2. September 1922. Mit Einträgen über die Ermordung Walter Rathenaus am 24. Juni und über die Demonstrationen, Kundgebungen usw. der nächsten Tage in Berlin.
Dunkelroter Lederband mit 95 beschriebenen Seiten und 12 losen Beilagen
Zugangsnummer 68.447/21
Erworben über das Antiquariat Fritz Eggert, Stuttgart, aus dem Nachlaß Kessler, Anfang 1968

23 Jochen Klepper: Tagebuch

»Tagebuch 1942. VIII. Ab 1. September 1942. Erstes Tagebuch nach meiner Dienstverpflichtung.« 1. September - 1. Dezember 1942.
Vorletztes Tagebuch Kleppers
Kladde mit 90 beschriebenen Seiten und 10 Einzelblättern
Zugangsnummer 77.3347
Erworben mit dem Nachlaß Jochen Klepper, 1977

24 Käthe Kollwitz an Hans Erich Blaich

Brief. 3. Februar 1933. Doppelblatt
Zugangsnummer 48.1012
Gestiftet mit dem Nachlaß Hans Erich Blaich, 1948

25 Karl Kraus: Man frage nicht

Reinschrift des Gedichts. Einzelblatt
Zugangsnummer 61.593
Einzelerwerbung aus Privatbesitz, 1961

26 Elisabeth Langgässer an Rahel und Emanuel Bin Gorion

Brief. Berlin-Eichkamp, 13. Januar 1947. Doppelblatt
Erworben mit dem Archiv Emanuel Bin Gorion, 1980

27 Wilhelm Lehmann: Daphne

Manuskriptblatt aus der Gedichtsammlung ›Noch nicht genug‹, vom Druck abweichende Fassung
Zugangsnummer 68.2547
Erworben mit dem Nachlaß Wilhelm Lehmann, 1968

28 Oskar Loerke: Abschied

1914. Reinschrift des Gedichts. Einzelblatt
Zugangsnummer 64.2129
Stiftung aus Privatbesitz, 1964

29 Thomas Mann: Schwere Stunde

Manuskript. Neun mit grüner und schwarzer Tinte beschriebene Blätter, gebunden. Geschrieben für die Schiller-Nummer des ›Simplicissimus‹ vom 9. Mai 1905. Mit eingeklebtem Zeitungsausschnitt ›Gedenkfeier für Thomas Mann in Boswil‹
Zugangsnummer 74.4
Erworben vom Antiquariat Martin Breslauer in London am 19. März 1974

30 Thomas Mann an Ernst Bertram

Brief. Küsnacht bei Zürich, 19. November 1933. Zwei Blätter
Zugangsnummer 57.6171
Erworben mit dem Nachlaß Ernst Bertram, 1957

31 Eduard Mörike an Ernst Friedrich Kauffmann

Brief. Köngen, 17. November 1827. Doppelblatt. Der Brief enthält das Gedicht ›Mitternacht‹
Zugangsnummer 6772
Aus einer Stiftung von Frau Kauffmann am 27. April 1911

32 Friedrich Hölderlin: Heidelberg

Abschrift von Eduard Mörike.
Doppelblatt
Zugangsnummer 48.2197
Stiftung aus Privatbesitz, 1948

33 Rainer Maria Rilke: Die Sonette an Orpheus

Manuskript des Gedichtbandes, mit dem Vermerk »geschrieben als ein Grabmal für Wera Ouckama Knoop. Muzot, (vom 2. bis 5. Februar 1922.)« 14 beschriebene Blätter, geheftet, mit 3 eingeklebten Blättern
Zugangsnummer 61.719 a
Erworben aus Privatbesitz, 1961

34 Friedrich Schiller an Ludovike Simanowitz

Brief. »Von Haus«, 6. April 1794. Original und Gerstenbergksche Fälschung. Zwei Doppelblätter
Zugangsnummer des Originals 33415
Erworben aus Privatbesitz, vor 1931

35 Friedrich Schiller an Christophine Schiller

Brief. Oggersheim, 6. November 1782. Doppelblatt
Faksimile zum 100. Geburtstag Schillers 1859. Das Original befindet sich im Goethe- und Schiller-Archiv in Weimar

36 Friedrich Schiller: Zwei Xenien

Einzelblatt einer Gerstenbergkschen Fälschung mit dem Vermerk »Aus der Fabrik zu Weimar«
Zugangsnummer 69.132
Erworben vom Auktionshaus Galerie Gerda Bassenge in Berlin am 13. Mai 1969

37 *Friedrich Schiller: Aus den Tabulae votivae*

Einzelblatt einer Gerstenbergkschen Fälschung mit Echtheitsbestätigung von Wilhelm Hoffmann, »Großh. Commißionsrath und Hofbuchhändler« in Weimar, vom 10. Oktober 1852 auf der Rückseite
Zugangsnummer Z 6152

38 *Rudolf Alexander Schröder: Erster und letzter Besuch in Rodaun*

»Erinnerungen an Hugo v. Hofmannsthal«
Erstes Blatt des Manuskripts
Zugangsnummer 57.2889
Aus dem Konvolut ›Corona‹ im Bestand Herbert Steiner, erworben 1957

39 *Theodor Storm an Erich Schmidt*

Brief. Husum, 25. Mai 1878. Doppel- und Einzelblatt
Zugangsnummer 61.925
Gestiftet mit dem Nachlaß Erich Schmidt, 1961

40 *Georg Trakl: Frühling der Seele*

Manuskript des Gedichts mit gedrucktem Briefkopf auf den Rückseiten: »Schriftleitung ›Der Brenner‹ Innsbruck-Mühlau«. Zwei Blätter
Zugangsnummer 68.178
Erworben aus Privatbesitz, 1968

41 *Georg Trakl an Adolf Loos*

Feldpostkarte. K. u. k. Feldspital Nr. 7/14, ohne Datum
Zugangsnummer 58.2000
Erworben vom Antiquariat L'Art Ancien in Zürich am 22. Dezember 1958

42 *Kurt Tucholsky an Hans Erich Blaich*

Postkarte. Berlin, 26. Dezember 1919. Mit dem gedruckten Kopf »REDAKTION DES ULK«
Zugangsnummer 48.1291
Gestiftet mit dem Nachlaß Hans Erich Blaich, 1948

43 *Ludwig Uhland: Rede gegen das Erbkaisertum*

Manuskript der Rede, die Ludwig Uhland im Januar 1849 in der Paulskirche in Frankfurt am Main gehalten hat. Drei Doppelblätter. Aus den Konvoluten zu seiner Abgeordnetentätigkeit in den Jahren 1819 bis 1853
Zugangsnummer Z 1430
Erworben mit dem Nachlaß Ludwig Uhland von Kilian Steiner und Gustav Siegle für das künftige Museum und Archiv in Marbach, 1897

44 *Ludwig Uhland an Alexander von Humboldt*

Brief mit Entwurf. Tübingen, 2. Dezember 1853. Zwei Doppelblätter
Zugangsnummern 47705 und 46650
Erworben mit dem Nachlaß Ludwig Uhland von Kilian Steiner und Gustav Siegle für das künftige Museum und Archiv in Marbach, 1897

45 *Carl Zuckmayer: Des Teufels General*

»Erste Niederschrift (mit letzten Änderungen)«. Titel, Widmungen, Personenverzeichnis und Anfang des ersten Aktes. Im Juli 1945 gewidmet »Dem Andenken meiner von Deutschlands Henkern aufgehängten Freunde: Theodor Haubach, Wilhelm Leuschner, Graf Hellmuth von Moltke«. Sechs Blätter aus dem Manuskript
Zugangsnummer 76.827
Erworben aus dem englischen Autographenhandel, 1976

46 *Stefan Zweig an Victor Fleischer*

Brief. Salzburg, 29. Juni 1922. Doppelblatt
Zugangsnummer 62.324/18
Erworben aus Privatbesitz, 1962

Besonders umfangreiche Schaustücke

47 *Hermann Broch: Der Tod des Vergil*

Mit Widmung »Für Erich«, eingeklebtem Viehpaß und eingebundenem Gedichtmanuskript »Ein Viehpass zum 14.10.1944«
574 Blatt. Typoskript des Romans mit handschriftlichen Korrekturen, gebunden in dunkelblaues Leinen
Zugangsnummer 72.1095
Erworben mit dem Nachlaß Erich von Kahler, 1972

48 Ernst Jünger: In Stahlgewittern

Neufassung, Druck mit handschriftlichen Zusätzen. Der Untertitel ›Aus dem Tagebuch eines Stoßtruppführers‹ ist geändert in ›Ein Kriegstagebuch‹.
Dreizehnte Auflage/46.-51. Tausend, geändert in: Vierzehnte Auflage/52.-57. Tausend
Berlin: E. S. Mittler 1931, geändert in: 1934

Mit handschriftlicher Widmung Jüngers an Hans Peter des Coudres, 19. Januar 1961

Durchschossenes Exemplar mit zahlreichen Ergänzungen, Nachträgen, Änderungen und Streichungen. Eingelegt sind 35 Typoskriptblätter mit Texteinschüben

Erworben mit dem Ernst-Jünger-Archiv von Hans Peter des Coudres, 1973

49 Else Lasker-Schüler: Hebräische Balladen

Vom Druck abweichende Fassung. Manuskript. 12 Gedichte mit 8 Handzeichnungen, teilweise aufgeklebt. In Pergament gebunden, mit aufgeklebtem Titelblatt der Erstausgabe 1913 und eingeklebtem Ex Libris von Lucy Spiegl, das ist Lucie von Goldschmidt-Rothschild

Zugangsnummer 79.50

Erworben bei der Auktion der Firma Stargardt in Marburg am 22. Februar 1979

50 Bernward Vesper: Die Reise

Erster von drei Bänden des Originaltyposkriptes. 130 Blätter, teilweise Kopie, mit handschriftlichen Korrekturen und mit eingeklebten Zeitungsausschnitten

Zugangsnummer D 77.74

Leihgabe des Verlegers Jörg Schröder seit 1977

H. L. 6. Novemb. 1782

Theuerste Schwester. N 1785 ...

Gestern Abend erhielt ich Deinen lieben Brief und eile, Dich aus Deinen und unserer Besten Eltern Besorgnissen über mein Schicksal zu reißen.

Daß meine völlige Trennung vom Vaterland und Familie nunmehr entschieden ist, wird dir sehr schmerzhaft seyn, wenn ich sie nicht erwartet, und selbst befördert hätte, wenn ich sie nicht als die nothwendigste Fügung des Himmels betrachten müßte, welcher mich in meinem Vaterland nicht glücklich machen wollte. Auch der Himmel ist es, dem ich die Zukunft übergebe, von dem Ihr und ich, gottlob nur allein, abhängig sind. Ihm übergebe ich mich, meine Theure, er erhalte mich rein und stark, mein Schicksal zu erleben, und mein Glück mit der Zeit mit Euch theilen zu können. Losgerissen aus Euren Armen weiß ich keine bessere, keine sicherere Niederlage meines theuersten Schatzes als Gott. Von seinen Händen will ich mich wiederempfangen, und — das sei dir die letzte Thräne die hier fällt.

35 *Friedrich Schiller an Christophine Schiller. Brief aus Oggersheim, 6. November 1782.*

Schillers Brief an die »Theuerste Schwester« Christophine, die spätere Frau des Meininger Bibliothekars Reinwald, wird weder seiner Seltenheit wegen gezeigt noch seines herausragenden Inhalts. Der in Oggersheim bei Mannheim geschriebene Brief ist ein anziehender Augenblick in der langen Geschichte der Schillerverehrung, was, in der gebotenen Kürze, zu erläutern wäre.

Zunächst zu seinem Inhalt. »Gestern Abend erhalte ich Deinen lieben Brief und eile, Dich aus Deinem und unserer besten Eltern Besorgnißen über mein Schiksal zu reissen«, schreibt Friedrich Schiller an seine noch im Elternhaus auf der Solitude lebende ältere Schwester, sechs Wochen nach seiner spektakulären Flucht aus Württemberg. Er gibt vor, »gegenwärtig« auf einer »Reise nach Berlin« zu sein, überläßt seinen Lesern, die Ortsangabe »E.« als »Erfurt« zu deuten und fügt für die erwarteten Mitleser der württembergischen Polizei hinzu, daß er vorhabe, seinen Weg nach Petersburg fortzusetzen, »wenn mich bedeutende Connoissancen zu Berlin unterstützen«. Doch Berlin war weit und von St. Petersburg konnte bei den beschränkten Reisemitteln des Flüchtlings zu keinem Zeitpunkt die Rede sein. Schillers Brief an die »Theuerste Schwester« ist – wie ein anderer vom gleichen Tag an seinen früheren Mitschüler Christian Friedrich Jacobi in Stuttgart – ein schönes Dokument für die Irreführung der Behörden.

Ob der Verfasser damit Wirkung machte, ist nicht bekannt. Aber seit der Brief, dessen Original im Weimarer Goethe- und Schillerarchiv verwahrt wird, vermutlich zum hundertsten Geburtstag Schillers – am 10. November 1859 – lithographisch faksimiliert zum Verkauf angeboten wurde, umgibt seine durch natürliche Alterung beglaubigten Reproduktionen der Hauch des Originalen. Hier ist offensichtlich der Forschung ein bisher unbekannter Schiller-Brief zuzuführen! bekunden seine Entdecker. Die Handschriften-Abteilung des Deutschen Literaturarchivs beantwortet derlei Fundberichte seit Jahren mit einem Musterbriefchen, so häufig wiederholt sich die für einmalig gehaltene Sensation; groß aufgemachte Presseberichte sind allemal dafür gut.

Schiller-Autographen sind selten, weil es dem Werkverständnis ihres Urhebers widersprach, Entwürfe und Manuskripte aufzubewahren, wenn sie eine gültige Form im Druck erreicht hatten. Deshalb hat man Schillers Handschrift gefälscht oder im Druck vervielfältigt und auch die faksimilierten Blätter dann so in Ehren gehalten, daß sie sich zur Irreführung seiner Leser und Sammler eignen, bis auf den heutigen Tag.

32 *Friedrich Hölderlin: Heidelberg. Abschrift von Eduard Mörike.* Echt Mörike: Fälscher-Ede! Handschriften Hölderlins hatte Mörike möglicherweise schon von diesem selbst, sicher sehr früh von Wilhelm Waiblinger erhalten, wahrscheinlich auch von Ferdinand Gmelin und gewiß von Hölderlins Schwester. Dem Autographen-Sammler Karl Künzel hat Mörike etwa ein Dutzend Hölderliniana als echt testiert. Mörikes Provenienz, Mörikes Gutachten, alles echt für die Hölderlin-Forschung. Aber echt Mörike, das ist für die Mörike-Forschung das Spiel mit dem Wahrscheinlichen: die Fälschung auf dem kritischen Punkt, wo sie der aufmerksame Betrachter gerade noch als Verifikation erkennt, und viceversa.

›An Zimmern‹ – Hölderlins Original ist verloren; die Abschrift Ernst Zimmers, die Eduard Mörike besaß, liegt heute in Frankfurt – schrieb Mörike erstmals im Brief an Hermann Kurz vom 26. Juni 1838 ab; in V. 3 seiner Vorlage sei, so merkte er dabei an, ein Wort (»Haben«) »etwas undeutlich geschrieben«, und er ließ in der Anmerkung seinem Schalk vollends freien Lauf: »Die Kommentatoren wären vielleicht geneigt zu Konjekturen wie: ›Haber‹ oder ›Hobel‹ &c.« Die Kommentatoren, die Philologen, die Editoren ... Der Editor (Beißner) schließlich, wohl Eduards Wort im Ohr, konjizierte zu »Halm« (Sattler machte kurzen Prozeß: »Zimmers Handschrift ist jedoch nicht undeutlicher als der Sinn: Haben = Besitz«).

›Wenn aus dem Himmel ...‹ liegt in drei Handschriften Edus vor; seine eigene Vorlage ist nicht mehr nachweisbar. Die Editoren sind dem Edi ausgeliefert; folgen sie dem von ihm besorgten Erstdruck von 1859, sind sie gar ausgeschmiert: »Aus purer Liebe nemlich für dies Stück ließ ich mich seiner Zeit zu einer leichten Verbesserung an zwei mangelhaften Stellen verführen«, gestand Ede später. Ob das Motiv glaubhaft ist? Es waren jedenfalls auch mehr als zwei Stellen; und dabei erweckte die Notiz zum Erstdruck den Anschein, als stünde im Manuskript alles so, »wie ich es gebe«. Fälschung also, wenn auch aus pädagogischem Eros (»mangelhaft«!), das ist Liebe »pur« und Edition paradox. Es wird einem angst und bange: Hölderlins ›Freundschaft, Liebe, Kirch ...‹ ist schließlich nirgends auf der Welt – soweit die Hölderlin-Forschung sie kennt – überliefert als im oben zitierten Brief an Hermann Kurz!

Viermal hat Fälscher-Ede die Erstfassung von Hölderlins ›Heidelberg‹ abgeschrieben, jedesmal mit neuen »Lesungen« und nie identisch mit der Vorlage, obwohl er – »ganz der alte romantische Kanzleystyl« (H. Kurz) – über eine seiner Kopien setzte: »Gedicht von Fried. Hölderlins / aus seinem Concept mit sämmtlichen Correcturen / getreu abgeschrieben von E. Mörike.« Sich selbst jedenfalls »getreu« ist er dabei an zwei Stellen: Alle vier Manuskripte lesen gegen Hölderlins Original in V. 4 »Ländlichschönste« als zwei Wörter (das mag hingehen) und (aber wohin geht das?) im ursprünglichen V. 7 »[mich] in Stunden« statt richtig »mit Stralen«. Nicht die Strahlen Apolls, sondern seine Stunden sollten das Ich »beseelt« haben? Wenn das »ein Stündlein wohl vor Tag« kein Fälscher-Jux ist! Der aufmerksame Betrachter hat ja schon an der Überschrift »Gedicht von Fried. Hölderlins« gesehen, daß er sich auf Veränderungen gefaßt machen muß: editio princeps parajux und viceversa: echt Mörike.

Ludwig Derleth

4. Kapitel

Leipzig u. besonders in Rom. [illegible] [illegible]. [illegible] [illegible] [illegible]. Ich 20 jährig [illegible]. Er [illegible] alles, [illegible] [illegible] [illegible] [illegible], ich [illegible] [illegible] voll u. [illegible] [illegible]. Religiös [illegible] [illegible].

25. Kapitel.

1. [illegible]

2. [illegible]

26. Kapitel.

1. [illegible]

2. [illegible]

3. [illegible]

4. [illegible]

9 *Fontane, Theodor: Notizen zum 33. bis 36. Kapitel des Romanes ›Effi Briest‹. Auf den Rückseiten Entwürfe zum Plan eines vom Autor nicht veröffentlichten Nachtrages zu den ›Wanderungen durch die Mark Brandenburg‹ mit der Überschrift ›Burg Friesack‹. Drei Blatt eigenhändiges Manuskript. Erworben 1956.*

So etwa könnte die Beschreibung lauten, die noch nichts Besonderes verheißt. Nimmt man jedoch die Blätter zur Hand, so findet man die Kriterien eines Manuskriptes, das sich zum Vorführen eignet:

Die großzügig beschriebenen Blätter, von denen hier nur eines verkleinert wiedergegeben ist, haben ein Format von 21 mal 33 cm; das Papier ist fein und glatt, leicht vergilbt; die schwarze Tinte ist ungleichmäßig geflossen, beim schnellen Schreiben wurde sie zwischendurch blaß und gewann erst durch das Eintauchen der Feder wieder Farbe. Das teilt dem Dokument einen Hauch von Leben mit, und so tritt beim Betrachten des Manuskripts schon der Schreiber aus der eindrucksvollen Handschrift hervor.

Der Rang des Autors, die Bedeutung gerade dieses Romans, auch der Umstand, daß die Entwürfe der Rückseiten zu einem Thema gehören, mit dem er sich viele Jahre hindurch bis zu seinem Tod beschäftigte, sind weitere Kennzeichen für ein Vorzugs- und Vorzeigeobjekt. Bewegt liest man auf einem der Blätter die an den Beginn des Romans erinnernden Worte: *»Komm Effi«* – hier dann die letzten Worte der Notizen zu seinem Ende: *»... Ach Luise, das ist ein weites Feld* – und auf der Rückseite wie einen Abgesang: *»sinkt gramvoll in die Grube. Reliquit heredibus nihil«.*

Dort, auf der Burg Friesack, gingen die Erben leer aus. Für die Marbacher Handschriftenmagazine aber wurden seit den fünfziger Jahren solche kostbaren Blätter aus Fontanes Nachlaß im Autographenhandel gekauft. Dergleichen Erwerbungen gehören in den Rahmen der Gründung des Deutschen Literaturarchivs. Die Fontane-Autographen gesellten sich zu dem bedeutenden Fontane-Bestand des 1954 nach Marbach gelangten Archivs der J. G. Cotta'schen Verlagsbuchhandlung. Auch dies gehört zu den Signalen, die solche zum Vorweisen ausgewählten Stücke zu geben haben. Sie sollten über den Eindruck hinaus, den sie unmittelbar machen, zu Assoziationen und Fragen anregen, etwas Unerwartetes mitteilen – wie etwa hier aus der Geschichte des Hauses. Dies macht eine solche Cimelie mit ihren Schicksalen erst zum Gegenstand des »Fruchtkörbchens«.

.. ὅτι πάντα χωρεῖ καὶ οὐδὲν μένει ..

Ich spür' noch ihren Athem auf den Wangen —
Wie kann das sein, dass diese nahen Tage
Fort sind, für immer fort und ganz vergangen?!

Dies ist ein Ding, das keiner ganz aussinnt,
+ Und viel zu grauenvoll als dass man klage:
Dass alles gleitet und vorüberrinnt

Und dass mein eignes Ich, durch nichts gehemmt,
Herüberglitt aus einem kleinen Kind,
Mir + wie ein Hund unheimlich, stumm und fremd,

Dann: dass ich auch vor hundert Jahren war
Und meine Ahnen, die im Todtenhemd,
Mit mir verwandt sind wie mein eigen Haar,

So eins mit mir, als wie mein eigen Haar.

17 *Hugo von Hofmannsthal: Ich spür' noch ihren Athem ... Vorfassung der Terzinen ›Über Vergänglichkeit‹.* Einem Hofmannsthal-Experten etwas zu Hofmannsthal schreiben? Die Terzinen, die uns unter dem Drucktitel ›Über Vergänglichkeit‹ bekannt sind, finden sich im Nachlaß Cäsar Flaischlens in einer Sammelhandschrift, die der Dichter, vermutlich Anfang August 1894, Otto Julius Bierbaum zum Abdruck im ›Musenalmanach auf das Jahr 1895‹ geschickt hatte. Als dieser nicht mehr zustande kam, behielt Bierbaum die Blätter für sein neues Projekt, den ›Pan‹, wo im zweiten Heft des Jahres 1895 drei der eingesandten Gedichte in Terzinen »von Loris« erschienen – darunter aber nicht die berührenden Verse unseres Manuskripts. Diese druckte Stefan George ein knappes Jahr später erst, im März 1896, in den ›Blättern für die Kunst‹ erstmals ab.

»Ich spür' noch ihren Athem auf den Wangen ...« Wie nah ist noch das Ereignis, das »erste wahrhaft schwere und traurige«, wie Hofmannsthal bekennt: der Tod von Josephine von Wertheimstein am 16. Juli 1894, in deren Döblinger Villa der junge Dichter zusammen mit dem geistigen Wien ein- und ausgegangen war. Noch die Druckvorlage für die ›Blätter für die Kunst‹ kennt diese Wortfolge – wieviel stärker poetisiert klingt daneben die endgültige Fassung: »Noch spür ich ihren Atem auf den Wangen ...«

Ein weiterer Unterschied: Anstelle des Titels, der noch einmal die Unmittelbarkeit des Reflexes aufhebt im Allgemeinen eines mit dem Begriff der Vergänglichkeit angezeigten Gegenstandes der Reflexion, findet sich in unserer Handschrift – und nur hier – auf griechisch ein Heraklit zugeschriebenes Wort als Motto. Hofmannsthals freie Übersetzung findet sich in dem Gedicht selbst: »Daß alles gleitet und vorüberrinnt«. »Vor dem Licht dieses Gedankens«, notiert der Dichter hierzu noch zwei Jahrzehnte später, »verblich mir alles.«

Ein Jota kann dem Schriftgelehrten das Gesetz verändern – ein Beistrich dem Philologen den Sinn: Durch das Komma in der Mitte des Verses »Mir wie ein Hund unheimlich, stumm und fremd« wird das Wort »unheimlich«, anders als im *textus receptus*, zum Glied einer Aufzählung und der Sinn damit ähnlich dem einer Parallelstelle aus der ›Soldatengeschichte‹, in der das Ich der Vergangenheit als eine Gestalt erscheint, die »fremd war wie ein fremdes Kind, ja unverständlich wie ein Hund«.

Warum, so fragen wir zum Schluß, blieb das Manuskript im ›Pan‹-Archiv und gelangte so 1930 nach Marbach? Warum wurde es 1895 nicht mit den anderen Terzinen zusammen gedruckt? Hatte etwa Hofmannsthal selbst dieses Gedicht zurückgezogen, um es Stefan George anbieten zu können? Keineswegs, so lehrt ein Blick in wenig genutzte Bestände des Deutschen Literaturarchivs: Otto Julius Bierbaum hat die redaktionelle Auswahl dem Dichter in einem Brief vom 1. Juni 1895, erhalten im ersten Band der Redaktions-Kopierbücher des ›Pan‹, mitgeteilt. Ein kleines Novum für die Hofmannsthal-Forschung?

3 *Rudolf Borchardt: Sapphische Ode.* Was soll uns als »schöne Handschrift« gelten – die makellose Reinschrift oder das wild zerarbeitete Konzept? Jedes von beiden kann das Staunen des Betrachters erregen. Das eine führt ihn freilich nur vor das Schaufenster des Dichters, das andere holt ihn in die Werkstatt. Der Blick über die Schulter des Dichters auf seine schreibende, streichende, verbessernde und wieder tilgende, wieder findende Hand kann atemberaubend sein. Werner Volke öffnet diesen Blick wie kein anderer, am schönsten, wenn er im Museum die Piccolomini-Handschrift aus der Vitrine nimmt (schon dieser Vorgang ist spannend) und die allmähliche Entstehung des Anfangsverses »Spät kommt Ihr ...« an Schillers Schriftzügen nachweist.

Solche Handschriften zu zeigen, liebt er. Ein Beispiel im »Fruchtkörbchen« ist Borchardts unvollendete Übertragung von Swinburnes ›Sapphics‹ – eher wohl das Ergebnis einer flüchtigen Stunde als eines zielbewußten Planens. Denn die Verse und Strophen fangen auf der Rückseite eines Briefentwurfs an, der nicht zu Ende geschrieben wurde und wohl zufällig auf dem Schreibtisch des Dichters lag. Der Inhalt des italienischen Briefes – Borchardt verbrachte fast sein ganzes Leben in Italien – könnte nicht gleichgültiger sein. Aber diese rein geschäftlichen Zeilen haben in einen literarischen Schaffensprozeß eingegriffen: Die Swinburne-Übertragung bricht dort unvollendet ab, wo ihre Verse von der Gegenseite her auf den Brieftext stoßen – der Platz auf dem Papier ist zu Ende, die Übersetzung wird aufgegeben. Man sollte meinen, dieses so leichthin beendete Schreiben sei dann auch nur flüchtige Übung gewesen. Im Gegenteil: die Handschrift zeigt mit ihren vielen Streichungen und »Sofortkorrekturen« ein Ringen fast um jedes Wort – man kann sogar das Ziel erkennen, mit dem die Formulierungen so sorgsam gesucht werden: die Sapphischen Verse so weit wie möglich aus einsilbigen Wörtern aufzubauen, um diesem unnachahmlichen Klangelement der englischen Sprache, das im Deutschen nur schwer wiederzugeben ist, möglichst nahe zu kommen. Gerade daraus bezieht Borchardts Übertragung Kraft, Melodie und Rhythmus.

Vielleicht hat sich Borchardt beim Übertragen von Swinburnes ›Sapphics‹ vom Reiz des Fragmentarischen hinreißen lassen, der uns Heutigen ja auch die geheimnisvolle Schönheit von Sapphos eigenen Versen noch steigert? Dann wäre das Abbrechen an der Stelle, wo der unvollendete Brief und das unvollendete Gedicht zusammentreffen, nicht nur Zufall.

Abschied

Weiter wird wachsen das Öl,
Weiter wird steigen das Harz,
Über Wolken der Glutberg in Wellmeere schwimmen;
Neues Piniengewölk,
Wie die Schatten Vulkans,
Wird geräuftigten Ernstes die Schroffen erklimmen:

Tot noch wünschest du dir, Herz,
Nur als Orangenduft
Möge ein Gott dein Blühendes hierher entführen,
Wünschst, nur ein roter Ball
Von den hundert des Baums
Hier noch einmal den seligen Sand zu berühren.

28 *Oskar Loerke: Abschied.* Woher kommt ein Blatt wie dieses, die undatierte Reinschrift eines Gedichts von Oskar Loerke? Es ist dem Archiv geschenkt worden, zusammen mit vielen anderen Manuskripten und Briefen. 1964 wurde im Schiller-Nationalmuseum eine Ausstellung zum 80. Geburtstag des Dichters gezeigt. Hermann Kasack hatte sie angeregt; er übergab dem Archiv danach den größten Teil des von ihm verwahrten Nachlasses. Andere Freunde folgten seinem Beispiel. Besonders schöne Gedichtreinschriften kamen damals aus der Familie des Frohnauer Nachbarn Bruno Jacubeit, später auch Notendrucke als Zeugnisse des gemeinsamen Musizierens und zuletzt, 1991, wiederum als Stiftung, alle noch im Besitz der Familie verbliebenen Papiere, darunter die vielen anrührenden Verse für die Nachbarskinder und zahlreiche handschriftliche Gedichtsammlungen, auch aus den letzten Lebensjahren Loerkes, als solche Abschriften den Druck ersetzen mußten. – ›Abschied‹ beschließt den Zyklus ›Südliche Insel‹ in den ›Gedichten‹ von 1916; die Gedichte dieses Bandes in kompletter Reinschrift gehörten schon zur ersten Schenkung von 1964, dazu mancherlei Einzelstücke, so auch das gezeigte Blatt.

Gedruckt wurde das Gedicht zuerst im Oktoberheft 1915 der ›NeuenRundschau‹; dort wie in allen folgenden Drucken lautet die vorletzte Zeile nun: »Unter den hundert des Baums«. Eine frühe Niederschrift, die sich im Nachlaß erhalten und die Kasack in seiner Monographie von 1951 abgebildet hat, läßt sich nicht leicht entziffern. Aber sie ist genau datiert und lokalisiert: »C[apri] d. 21. Mai 1914.« ›Abschied‹ gehört also zum großen Vorrat an Aufzeichnungen und Gedichten, den Loerke von seiner Reise nach Algerien und Italien im Frühjahr 1914 heimbrachte. »... wie soll ich es fassen. Nur Verse können sich dem Wesen nähern«, notierte er damals, am 20. Mai, auf Capri im Reisetagebuch. Die überwältigende Erfahrung des Südens sollte für lange in Gedichtzyklen (›Pompeji‹, 1921) und Gedichten gegenwärtig bleiben; sie hat Spuren noch in seinen spätesten Versen hinterlassen. So wird der Wunsch des ›Abschieds‹ in der Bitte des Nachlaßgedichts ›Gedenkzeit‹ noch einmal aufgenommen und abgewandelt:

»Von einer bitteren Orangenschale / Ein wenig auf die Fingerkuppen reiben, / Man mags, mein eingedenk. / Wie man mich rief, kann man zu einem andern Male / Verlöschlich auf die Schiefertafel schreiben: / Für mich ein kleines Weihgeschenk.«

1) Diejenigen, ich gehöre zu ihnen, die schon einen kleinen gewöhnlichen Maulwurf widerlich finden ~~regelmäßig aus nicht faßbaren Gründen, denn das dunkle Fell, die kleinen Füßchen, die ungeschickte vielfältig geformte Schnauze, was man an ihm sieht, ist nicht widerlich – diese Leute~~ wären wahrscheinlich vor Widerwillen gestorben, wenn sie den Riesenmaulwurf gesehen hätten, der vor einigen Jahren in der Nähe eines kleinen Dorfes beobachtet worden ist, das dadurch eine gewisse vorübergehende Berühmtheit erlangt hat. Jetzt ist es allerdings schon längst wieder in Vergessenheit geraten und teilt damit nur die Ruhmlosigkeit der ganzen Erscheinung, die vollständig unerklärt geblieben ist, die man aber zu erklären sich auch nicht sehr bemüht hat und die infolge einer unbegreiflichen Nachlässigkeit jener Kreise, die sich darum hätten kümmern sollen und die sich tatsächlich angestrengt um viel geringfügigere Dinge kümmern, ohne genauere Untersuchung vergessen worden ist. Daran, daß das Dorf weit von der Eisenbahn abliegt, kann jedenfalls keine Entschuldigung dafür gefunden werden. Viele Leute kamen aus Neugierde von weither, sogar aus dem Ausland, nur diejenigen, die mehr als Neugierde hätten zeigen sollen, die kamen nicht. Ja, hätten nicht einzelne ganz einfache Leute, Leute, deren gewöhnliche Tagesarbeit ihnen kaum ein ruhiges Aufatmen gestattete, hätten nicht diese Leute uneigennützig sich der Sache angenommen, das Gerücht von der Erscheinung wäre wahrscheinlich kaum über den nächsten Umkreis hinausgekommen. Es muß zugegeben werden, daß selbst das Gerücht, das sich doch sonst kaum aufhalten läßt, in diesem Falle geradezu schwerfällig war, hätte man es nicht förmlich gestoßen, es hätte sich nicht verbreitet. Aber auch das war gewiß kein Grund, sich mit der Sache nicht zu beschäftigen, im Gegenteil, auch diese Erscheinung hätte noch untersucht werden müssen. Statt dessen überließ man die einzige schriftliche Behandlung des Falles dem alten Dorflehrer, der ein ausgezeichneter Mann in seinem Berufe war, aber dessen Fähigkeiten ebensowenig wie seine Vorbildung

21 *Franz Kafka: Der Dorfschullehrer* — *Kafkaeske Augenblicke – nicht nur*

Prag, 19. Dezember 1914:

»Gestern den Dorfschullehrer fast bewußtlos geschrieben, fürchtete mich aber länger als 3/4 2 zu schreiben, die Furcht war begründet, ich schlief fast gar nicht, machte nur etwa drei kurze Träume durch und war dann im Bureau in entsprechendem Zustand.« (Franz Kafka, Tagebuch)

Berlin, 19. November 1956:

Bei der Auktion der Galerie Gerd Rosen geht der Zuschlag für die Nummer 2199 an das Deutsche Literaturarchiv. »Eigenhändige Manuskripte Kafkas sind von *allergrößter Seltenheit* und im Handel bisher nicht nachzuweisen«, hieß es im Auktionskatalog. Marbach hatte damit auf lange Zeit das einzige Kafka-Manuskript im öffentlichen Besitz. Und dies zu einem Preis, für den 32 Jahre später nicht einmal mehr auch nur eine Seite der ›Prozeß‹-Handschrift zu haben gewesen wäre.

Marbach, an einem nicht mehr feststellbaren Tag des Jahres 1958:

Liebevoll, mit berechtigtem Besitzerstolz wollte die Deutsche Schillergesellschaft in ihrem zweiten ›Jahrbuch‹ das erworbene Manuskript präsentieren. Gelehrter Fleiß hatte alle Varianten und Lesarten zusammengetragen. Ein weiteres sollte das eingebundene vollständige Faksimile der Handschrift tun. Doch daraus wurde nichts: Die Inhaber der Rechte erhoben Einspruch; aus jedem einzelnen Band mußten behutsam in Nachtarbeit die Faksimilia bis auf jeweils das erste und letzte Blatt herausgetrennt werden. Noch heute lagert ein hübscher Vorrat an so »entkerntem Kafka« von damals im Fundus.

Marbach, Kippenberg-Raum, an einem ganz gewöhnlichen Wochentag:

Aura der Originale – Werner Volke kennt die Dramaturgie von Handschriften-Präsentationen genau. Selbst der Ermattetste in der Runde richtet sich auf, wenn der Herr der Handschriften ankündigt: »Und nun Kafka!« und dabei die erste Seite des ›Dorfschullehrers‹ aus der weißen Mappe nimmt. Die Begehrlichkeit nach dem, »wo seine Hand geruht«, erwacht: »Darf ich mal das Papier anfassen?« Doch das wirklich Erregende ist nicht das Blatt Papier, sondern was darauf – immer noch und immer neu – geschieht. Der rasante Duktus der Schrift, die für Kafka verhältnismäßig dicht gefüllten Zeilen und die kräftigen Querstriche im kleinen t und großen F lassen das »fast bewußtlos« des Tagebuchs erahnen. Doch auch die eingefügten Korrekturen haben es in sich. »Merken Sie was da mit dem Text gleichsam zwischen den Zeilen passiert?« Und dann die kleine, so unscheinbare Einfügung gleich zu Beginn, die drei ganze Zeilen der Tilgung preisgibt. »Perspektivenwechsel« gerinnt in diesem Moment nicht zum bemühten Ausdruck literaturwissenschaftlichen Jargons, Interpretation wird hier durch das Manuskript beglaubigt. Nur Augenblicke mit einer Handschrift, aber Glücksmomente für den, der sie seinen Zuhörern entziffern darf. Werner Volke jedenfalls würde in diesen Minuten mit keinem Universitätsprofessor der Welt tauschen wollen.

24 *Käthe Kollwitz an Hans Erich Blaich. Brief aus Berlin, 3. Februar 1933.* Fünfundzwanzig Jahre – von 1918 bis 1943 – bestand die freundschaftliche Verbindung zwischen der Graphikerin und Bildhauerin Käthe Kollwitz (1867–1945) und dem Arzt und Schriftsteller Hans Erich Blaich (1873–1945), der seit 1896 beratend und schreibend für die politisch-satirische Wochenschrift ›Simplicissimus‹ in München tätig war. Leider existieren nur noch die 29 Briefe und Karten von Käthe Kollwitz, die Antworten von Blaich sind verlorengegangen.

Das erste Mal hatte Käthe Kollwitz Blaich zu einem Gedicht geschrieben, das dieser 1918 in der Weihnachtsnummer des ›Simplicissimus‹ veröffentlich hatte: »Jedes Mal, wenn ich im Simplicissimus ein Gedicht von Ihnen lese, ist es mir als wenn mein eigenes Empfinden Worte bekommen hat. Schon früher, aber ganz besonders seit dem Kriege. Ich hab mich oft gescheut Gedichte zu lesen, die in dieser Zeit entstanden waren, weil sie meist hohl und leer waren. Aber was Sie sagten, ging an den Kern des Gefühls [...]. Da war es mir dann immer wie wenn ein Freund da wäre, wenn ich Ihre Gedichte fand« (Weihnachten 1918).

Sie erhielt fortan regelmäßig den ›Simplicissimus‹, der für die Kontinuität der Beziehung bürgte. Auch in dem vorliegenden Brief vom 3. Februar 1933, den ein Buchgeschenk von Blaich, vermutlich der 1933 erschienene Gedichtband ›Stunde um Stunde‹ ausgelöst hatte, schrieb sie voller Dankbarkeit für die Gedichte von »Dr. Owlglaß« und »Ratatöskr« (unter diesen Pseudonymen publizierte Blaich), wobei ihr die Verse von Owlglaß näher waren als die tagespolitisch-satirischen von Ratatöskr.

Es sind jedoch die aktuellen politischen Ereignisse, die Inhalt und Tenor des Briefes bestimmen. Die Machtübernahme Hitlers liegt nur wenige Tage zurück. Käthe Kollwitz fürchtet, daß der ›Simpl‹ wie im Kaiserreich verboten werde: »Jetzt geben Sie dem Hitler noch tüchtig, bis er Sie abwürgt.« Die Enttäuschung folgte umgehend: Der ›Simplicissimus‹ wurde gleichgeschaltet, Blaich übernahm Ende März 1933 die Schriftleitung für die literarische Abteilung. Resigniert, wenn auch persönlich verständnisvoll kommentiert Käthe Kollwitz diese Entwicklung in ihrem Brief vom 29. Mai 1933: »Aber wenn ein auf Kampf eingestelltes Witzblatt die neue Fahne heraushängt, ist es doch etwas anderes, als wenn ein Beamter das tut. – Schade.«

Deutschland wird auf den nächsten Krieg zutreiben. Nur wenige haben das so klar vorausgesehen wie Käthe Kollwitz. Die schmerzvollen Erfahrungen des Ersten Weltkrieges haben sie nie verlassen: Ihr Sohn Peter fiel mit achtzehn Jahren im November 1914. Seit dieser Zeit beschäftigte sie der Plan für ein Denkmal, das an ihn und die vielen andern jungen Kriegsfreiwilligen erinnern soll. Der Tod wurde eines der vorherrschenden Themen der Künstlerin. Seit 1924 hat sie an dem Mahnmal gearbeitet, das schließlich im Juli 1932 auf dem Soldatenfriedhof Rossevelde-Eessen in Belgien aufgestellt wurde: Ein trauerndes Elternpaar – die Mutter trägt die Züge der Künstlerin. H. E. Blaich verspricht sie Photos der beiden Figuren. Traurig, verzweifelt beschließt sie ihren Brief mit einem Vers aus Blaichs Gedicht ›Die Glocken‹ (1916), an das sie 1942 wieder erinnern wird, wenn auch ihr Enkel Peter fällt:

»Das viele Blut! Das junge Blut!«

E. Hedwig Courths-Mahler
Tegernsee/Obb.
Post Rottach „Mutterhof“

Tegernsee/Obb., den 29. 3. 39.

Herrn Oberpfarrer K. Kohl
Niederschönenfeld.

Sehr geehrter Herr Oberpfarrer!

Ihrem Wunsche nachkommend teile ich Ihnen mit, daß meines Lebens höchstes Glück meine Kinder sind und danach kommt gleich das Glück, daß mir der liebe Gott ein kleines Talent gab und dazu die Kraft, es auszunutzen zum Wohle meiner Kinder und eine tiefe Befriedigung zu finden in meiner Arbeit. Wenn es mir dabei gelungen ist, meinen Lesern gute tröstliche Gedanken zu geben und in den einen oder andern den Willen zum Guten zu wecken, dann betrachte ich meine geliebte Arbeit als einen Segen.

5 *Hedwig Courths-Mahler an Karl Kohl. Brief aus Tegernsee/Oberbayern, 29. März 1939.* Wie ein Roman der Courths-Mahler, so verläuft das Leben, über das dieser Brief Auskunft gibt. Eine Frau aus einfachen Verhältnissen, die seit dem »14. Lebensjahr auf eigenen Füßen stehen und für [s]ich selbst sorgen« mußte, schaut am »Lebensabend« zurück auf Jahrzehnte rastloser Arbeit für ihre Kinder – und für ihre Leser. Der »liebe Gott« hat ihr »ein kleines Talent« geschenkt, mit dessen Hilfe sie vielen Menschen »gute tröstliche Gedanken« gegeben und versucht hat, »in den einen oder andern den Willen zum Guten zu wecken«. So konnte ihre »geliebte Arbeit« zum »Segen« werde, am Ende zum wohlverdienten »Vergnügen und Glück«. – Wenn Werner Volke diesen Brief vorlas und in die Runde fragte, wer das wohl geschrieben habe, dann schwiegen Studentinnen aus Berlin oder München ebenso neugierig-beklommen wie schwäbische Honoratioren. Steckte nicht in Marbach hinter solchen goldenen Worten wenn schon nicht Schiller oder Mörike so doch wenigstens Ottilie Wildermuth? Aber die Briefschreiberin ist wirklich Hedwig Courths-Mahler (1867–1950), die im Olymp der Trivialliteratur einen Ehrenplatz neben ihrem Vorbild Eugenie Marlitt einnimmt. Ihr Erfolg ist noch immer unvergleichlich: 1988 verkaufte allein der Bastei-Verlag dreißig Millionen Romanhefte und vier Millionen Taschenbücher von ihr. Von den Verfilmungen fürs Fernsehen zu schweigen, für die sich auch die dritten Programme nicht zu schade sind. Werner Volke benutzte gern die Gelegenheit zu einigen Nebenbemerkungen gegen allen literarisch-ästhetischen Hochmut. Hier mag der Hinweis auf Willy Haas genügen, den Herausgeber der legendären ›LiterarischenWelt‹, der bekannt hat: »Vielleicht meine liebenswerteste und bravste Mitarbeiterin aber war keine andere als Hedwig Courths-Mahler.«

Als eines unserer Schaustücke eröffnet der Lebensrückblick der Courths-Mahler das weite Feld der Publikumsfragen nach dem Marbacher Literaturbegriff (der ist so weit wie das Feld solcher Fragen) und nach den Grenzen des Sammelns: »Würden Sie den Nachlaß der Courths-Mahler archivieren?« Die Frage steht im Raum. Der demonstrierte Brief aber stammt gar nicht aus einem Autorennachlaß, sondern aus einem anderen Typus literarischer Archivbestände: aus der Autographensammlung des Briefempfängers Karl Kohl (1889–1971), eines katholischen Gefängnisseelsorgers und Oberpfarrers, der sich vorzeitig pensionieren ließ und dann ganz seiner Sammelleidenschaft hingab. Sein Ziel war eine Faksimile-Dokumentation ›Deutscher Geist in Handschriften deutscher Menschen‹, die nie erschienen ist.

Für Werner Volke eröffnet der Brief der Courths-Mahler aus der Sammlung Kohl gleich mehrere Ruhestandsperspektiven: »die Arbeit nur noch als Vergnügen und Glück zu betrachten«, »Erholung in leichter Gartenarbeit« zu finden, den Umgang mit literarischen Autographen aus dem Gebiet der Pflicht in das der Neigung zu überführen.

MINISTERE DE L'INFORMATION

Paris le

LE MINISTRE DE L'INFORMATION prie les autorités civiles et militaires de donner toutes facilités compatibles avec l'exécution des règlements, à :

M. Doblin Alfred.

Chargé de mission,

Demeurant : 19 rue Diderot, à Saint-Germain-en-Laye

né le 10 août 1878...............................

accompagné de : ....

Rectifications: 35, rue des petits champs, Paris 2e chez Audry

Pour le Ministre et par délégation
LE SECRETAIRE GENERAL :

Signature du porteur Alfred Doblin

7 *Passierschein des Ministère de l'Information für Alfred Döblin. Paris, 9. Juni 1940.*
›Babylonische Wandrung‹ – so hieß der 1932 noch in Berlin begonnene Roman, dessen Manuskript seinen Autor Alfred Döblin 1933 ins Exil – zuerst nach Zürich, dann nach Paris – begleitete. Noch im Schreiben verknüpfte Döblin die »Wandrung« seiner Hauptfigur, des babylonischen Gottes und »himmlischen Emigranten« Konrad/Marduk, mit dem eigenen Flüchtlingsschicksal: »Je nach dem Ort, an dem ich lande, (ich meine real) wird das Buch enden in Berlin, Zürich, Paris, London, Straßburg. 75% stehen auf Paris.« Aber Paris blieb nicht die Endstation des Exils. Mit dem Kriegsausbruch 1939 begannen für Döblin und seine Familie neue Fluchtbewegungen: von Paris in eine Mansardenunterkunft nach Avallon, dann zurück in die Umgebung von Paris – nach Marly le Roi und, Ende 1939, nach St. Germain en Laye. Durch Vermittlung Robert Minders fand er eine Anstellung im französischen Informationsministerium unter dem Minister Jean Giraudoux, tat Dienst im Hôtel Continental gegenüber dem Tuileriengarten zusammen mit einer Gruppe französischer Germanisten (Pierre Bertaux, Albert Fuchs, Minder, Ernest Tonnelat, Edmond Vermeil u. a.) und arbeitete für die Gegenpropaganda gegen Hitler-Deutschland. Am 16. Mai 1940, kurz nach dem Beginn des deutschen Angriffs auf Frankreich am 10. Mai, schloß er in St. Germain noch den zweiten Teil des Erzählwerks ›November 1918‹ ab und floh mit dem Manuskript im Handgepäck am 26. Mai vor dem drohenden deutschen Vormarsch noch einmal zurück nach Paris. Es folgten die verzweifelte Irrfahrt durch das kapitulierende Frankreich, Trennung von und endliche Wiedervereinigung mit seiner Frau und dem jüngsten Sohn Stefan, Ausreise in letzter Minute und Rettung durch die Überfahrt von Lissabon nach Amerika. Die Flucht wurde, mit dem Titel des autobiographischen Bekenntnisbuches von 1949, zur ›Schicksalsreise‹. Der am 9. Juni vom Ministère de l'Information, seiner vorgesetzten Behörde, ausgestellte Passierschein für Alfred Döblin bezeichnet den Anfang dieser ›Schicksalsreise‹. Am 10. Juni wurden dann die Pariser Behörden evakuiert, mit ihnen Döblin. »Wenn ich es genau und rundheraus sagen soll«, hat der auf dieser ›Schicksalsreise‹ zum Christentum katholischer Konfession bekehrte Dichter später bekannt, »es war keine Reise von einem französischen Ort zu einem andern, sondern eine Reise zwischen Himmel und Erde«.

Unter den Schaustücken der Handschriften-Abteilung repräsentiert dies Dokument den Typus der »Zugehörigen Materialien«. Der desolate Erhaltungszustand des in den Knickfalten brüchig gewordenen Passierscheins sagt etwas über die Schicksalsreisen nicht nur des Nachlassers Döblin, sondern auch seines Nachlasses, der in einer Züricher Spedition, in der Pariser Bibliothèque Nationale, schließlich in Banksafes in Nizza geborgen war, bevor ihn die Söhne des Dichters, vertreten durch Herrn Claude Döblin, 1961 dem Deutschen Literaturarchiv als Depositum anvertrauten.

1 *Alfred Andersch: Efraim. Aus dem Romanmanuskript.* Hart und scharf gespitzt waren die 10 Bleistifte, die im Becher auf dem stets aufgeräumten Schreibtisch standen, und scharf gestochen sind die winzigen Schriftzüge der Manuskripte, – der Entwürfe mit ihren Korrekturen wie der Reinschriften; Klarheit und Präzision, gleichsam eine strategische Ordnung, zeichnen sie aus.

Das Alfred-Andersch-Archiv des Deutschen Literaturarchivs, dessen Einrichtung der Autor selbst mit großer Zustimmung und Freude begrüßte, enthält alle wichtigen Prosawerke: den autobiographischen Bericht ›Die Kirschen der Freiheit‹ wie ›Die Rote‹ wie ›Sansibar oder der letzte Grund‹, ›Winterspelt‹ und ›Efraim‹, den bedeutsamen zeitgeschichtlichen Roman, aus dem die Handschriftenprobe stammt, ferner Erzählungen, Hörspiele, Essays und Korrespondenzen.

Ein halbes Jahr vor seinem frühen Tod hat Andersch im überfüllten Vortragssaal des Deutschen Literaturarchivs aus dem ›Seesack‹ gelesen. In Berzona, einem kleinen Tessiner Gebirgsdorf, hoch im Valle Onsernone, wo Andersch zusammen mit seiner Frau Gisela, einer hochbegabten Künstlerin, seit 1958 wohnte, haben wir ihn zuletzt besucht, dort den ersten großen Teil seines handschriftlichen und gedruckten Werkes und später dann den gesamten Nachlaß übernommen.

Andersch, ein souveräner unabhängiger Geist und einer der geradlinigsten, aktivsten Gestalten der deutschen Nachkriegsliteratur, hat mit seiner Dichtung und seinem puplizistischen Wirken, aber auch durch seine Tätigkeit als Redakteur an den Sendern Frankfurt und Hamburg und zuletzt als Gründer und Leiter des ›Radio-Essays‹ am Süddeutschen Rundfunk entscheidenden Einfluß auf die literarische Entwicklung im ersten Vierteljahrhundert nach Kriegsende genommen. Nicht wenige Autoren verdanken ihm wesentliche Förderung. Die Buchreihe ›studio frankfurt‹ und im besonderen die literarische Zeitschrift ›Texte und Zeichen‹ sind dafür Beweis. Sein gesamtes Werk dokumentiert die engagierte geistig-künstlerische Auseinandersetzung eines Dichters und Schriftstellers mit der düstersten Epoche der neueren deutschen Geschichte.

gedichte tun!

morgen
europa-café: eis
typ, kind 2 du
studentenwohnung

1. (morgens)
waschen

2. (mit verwandt, frau etwas)
telefon lena

café

mittag

vater

warten

gern suchen.

kinder

auf einmal (12 stunden)

malendes mädchen

wasser

neu (geschenk / kind / eis)

nicht reden können, BEOBACHTEN SEHEN

nachmittag 3. (bogen, mit ganz, verausch...) bücherbücher

ballon leicht

baden

schlafen

↓

fahren

stadt

autobahn

essen

schlafen

münchen

reutlingen

tübingen (hotels!)

tübingen

hölderlinweg

umwelt

buchladen

50 *Bernward Vesper: Die Reise. Aus dem Typoskript des »Romanessays«.* Wer über den Erwerb eines Nachlasses verhandelt, kommt nur selten in so gefährliche Nähe zur allerjüngsten, eben erst entstehenden Literatur wie Werner Volke am 15. Juni 1970, als er auf dem Gut Triangel im niedersächsischen Kreis Gifhorn mit Bernward Vesper (1938–1971) über den Nachlaß seines Vaters Will Vesper (1882 bis 1962) sprach. Der Sohn hatte es eilig und bestätigte den Besuchstermin fast ungeduldig: »ich selbst muß noch am 15. für einige monate fort und das haus soll in meiner abwesenheit geräumt werden.« In der Trennung von Gudrun Ensslin und vom Weg seiner einstigen APO-Freunde in den Terror der Rote Armee Fraktion war Bernward Vesper seit August 1969 auf dem ›TRIP‹ seines autobiographischen Romanessays. Das große Fragment erschien erst im Sommer 1977 unter dem Titel ›Die Reise‹ im März-Verlag »bei Zweitausendeins« – aus dem Nachlaß des Autors, der sich am 15. Mai 1971 in der Universitäts-Nervenklinik Hamburg-Eppendorf das Leben genommen hatte. ›Die Reise‹ – das ist eine Rückkehr in die eigene Vergangenheit; Flucht aus dem Schatten eines vor und unter Hitler literarisch erfolgreichen Vaters, der sein frühes Bekenntnis zum Nationalsozialismus nie in Frage gestellt hatte; die Irrfahrt des ruhelosen Studenten durch ›Länder und Zeiten‹ des Westens um das Jahr 1968, zugleich Flucht aus dieser Gesellschaft und vor sich selbst; schließlich der Trip in die künstlichen Paradiese des Rauschgifts und der Ideologie. Aus dem Gefängnis des eigenen Bewußtseins führte diese »Reise« wohl nicht hinaus: »Schreiben: Harakiri, ich ziehe meine gedärme heraus. dazu die totale ISOLATION. konfrontiert mit den tasten der walze, der kahlen wand. gefängnissituation« (Bl. 78). Das Faksimile zeigt die Rückseite des Typoskriptblattes 108, auf der Vesper Ende Mai 1970 Stichworte zum Ablauf eines Reise-Tages notiert hat, zuletzt untereinander: »fahren stadt autobahn ... tübingen hölderlinweg markt kinderladen«. Besucher, die in die Nähe der Schreib-Passion gerieten, wurden nicht zugelassen: »Z. B. pfeife ich auf Besuche, weil ich doch nicht verstehe, was die Leute sagen« (Bl. 15). Oder sie wurden auf ihre Tauglichkeit für eine Rolle im Pandämonium der ›Reise‹ geprüft, mit einer literarischen Exekution bedroht – wie Werner Volke am 15. Juni 1970: »Sie kommen auch in mein Buch!« – Anderntags war Bernward Vesper schon auf und davon, und der Nachlaß des Vaters konnte, wie der Sohn es gewollt hatte, verpackt werden für das Archiv.

Als ein Dokument, in dem sie alle, die Angehörigen der Väter- und der Sohngeneration vorkommen und sich wiedererkennen, hat Vespers Verleger Jörg Schröder das Typoskript und die Verlagskorrespondenz mit dem Autor 1977 im Deutschen Literaturarchiv deponiert.

IN 500 EXEMPLAREN GEDRUCKT

ZUM ABSCHIED VON

WERNER VOLKE

IM APRIL 1992

UND ÜBERREICHT VON DER

SOCIETÄT DES SCHILLER-NATIONALMUSEUMS

UND DES DEUTSCHEN LITERATURARCHIVS

ISBN 3-928882-73-2

Gesamtherstellung: Wilhelm Gulde Tübingen

Die »Fruchtkörbchen« auf den Umschlagseiten sind ›The Universal Penman‹ entnommen, einem englischen Musterbuch, das der Stecher George Bickham seit 1741 in London im Selbstverlag hat erscheinen lassen.

Für die Erlaubnis der Wiedergabe der Handschriften ist den Erben und Nachlaßverwaltern der Autoren zu danken: *Hugo von Hofmannsthal* – Dr. Rudolf Hirsch, Frankfurt am Main · *Rudolf Borchardt* – Cornelius Borchardt, Ebersberg · *Oskar Loerke* – Frau Margot Loerke, Kettwig · *Franz Kafka* – S. Fischer Verlag GmbH, Frankfurt/Main · © 1936, 1937 by Heinr. Mercy Sohn, Prague · Copyright 1946 by Schocken Books Inc., New York City, USA · *Käthe Kollwitz* – Prof. Dr. Arne A. Kollwitz, Berlin, und Frau Dr. Jutta Bohnke-Kollwitz, Köln · *Hedwig Courths-Mahler* – Bastei-Verlag, Bergisch Gladbach · *Alfred Döblin* – Claude Döblin, Nizza · *Alfred Andersch* – Martin Andersch, Montpellier *Bernward Vesper* – Jörg Schröder, Fuchstal-Leeder.

Gedruckt mit der freundlichen Unterstützung
der Landeskreditbank Baden-Württemberg
und der Stiftung Wüstenrot Ludwigsburg